김웅길 제 7 시집

부재중

不在中

부재중

발행일　　2023년 1월 1일

지은이　　김웅길
펴낸이　　손형국
펴낸곳　　(주)북랩
편집인　　선일영　　　　　　　　　　　　　**편집**　　정두철, 배진용, 김현아, 류휘석, 김가람
디자인　　이현수, 김민하, 김영주, 안유경, 신혜림　　**제작**　　박기성, 황동현, 구성우, 권태련
마케팅　　김회란, 박진관
출판등록　　2004. 12. 1(제2012-000051호)
주소　　서울특별시 금천구 가산디지털 1로 168, 우림라이온스밸리 B동 B113~114호, C동 B101호
홈페이지　　www.book.co.kr
전화번호　　(02)2026-5777　　　　　　　　　　**팩스**　　(02)3159-9637

ISBN　　979-11-6836-610-7 03810 (종이책)　　　979-11-6836-611-4 05810 (전자책)

(주)북랩 성공출판의 파트너

북랩 홈페이지와 패밀리 사이트에서 다양한 출판 솔루션을 만나 보세요!

홈페이지 book.co.kr　　•　**블로그** blog.naver.com/essaybook　　•　**출판문의** book@book.co.kr

작가 연락처 문의 ▸ ask.book.co.kr

작가 연락처는 개인정보이므로 북랩에서 알려드릴 수 없습니다.

김응길 제7 시집

부재중

不在中

북랩

추천의 글

우산牛山 김응길金應吉 시인詩人과는 오래전 인연으로 만나 함께 생활하면서 가까이에서 그의 글을 대할 기회가 적지 않았다. 그의 문장이나 시詩를 보면 화려하거나 찬란하기보다는 소박하고 순수하면서도 글 속에 표현되는 시어詩語들이 늘 우리의 일상에서 주고받는, 낯설지 않은 언어들이어서 정다움과 친밀감을 느끼게 된다. 마치 오랜만에 고향집을 찾았을 때 팔십 대 노모老母가 끓여주시던, 조미료가 전혀 첨가되지 않은 된장찌개를 맛보는 것 같아 젊은 날의 향수를 불러오기도 한다. 언제나 푸근하고 순수한 김金 시인詩人과 막걸리 한잔 앞에 놓고 마주 앉아 정담情談을 나누는 것처럼….

- 전前 초등학교 교장 **길기송**

일상적인 이야기들을 쉽게 그려내면서도 그만의 독특하고
감각적인 시가 그냥 선물 같은 다정함으로 스며든다.

- 초등학교 교장 우종열

평범한 일상을 시어로 정성스럽게 수를 놓는 분이 바로
김웅길 시인이다. 그래서 읽는 사람의 마음도 편안해지는 것
이라 생각한다.

- 원장 이병례

김웅길 시인의 시를 읽으면서 이웃에 대한 시인의 사랑과
관계에 대한 메시지를 보았으며 더불어 함께하는 시인의 인
간미를 느꼈다. 또 어떤 메시지와 스토리로 우리 곁을 찾아
올지 기대된다.

- 초등학교 교장 이관복

김웅길 시인의 시를 읽다 보면 인생을 살아가며 사물과
동물의 관계, 사람과 사람의 관계, 연인 관계, 나의 본연의

모습, 지나온 시간과 마주할 시간의 흐름을 생각하게 한다. 우리가 살아가야 하는 인생을 곧고 맑으며 아름다운 표현으로 나타낸 시들이 주옥같은 깨달음을 준다. 세대와 관계없이 느낄 수 있는 따뜻함과 여유로움, 때로는 고독과 외로움을 공감할 수 있기에 시인의 마음에 온기가 느껴진다.

- 119 시인詩人 **이정행**

건조함이 삐거덕거리며 돌아가는 삶의 쳇바퀴 속에서 김웅길 시인의 시는 독자를 부드럽고 따스한 곳으로 데려가 자신과 만나게 해주며 잔잔한 삶을 들여다보게 한다. 놓치고 있던, 소중한 그 무엇을 알게 하는 따스함이 있다.

- 독자 **전순영**

김웅길 시인의 시는 읽으면 읽을수록 시 세계에 빠지게 하는 매력이 있다. "이렇게 깊은 뜻이!"생각해보면 눈물 나는 감동이 많다. 때때로 동병상련의 느낌도 받으며 독자와 하나 되는 매력도 넘쳐난다.

- 교사 **신길순**

우산牛山 시인의 꿈은 그리움이다. 그의 그리움은 나목裸木이다. 나목은 단풍보다 뜨겁다. 가을 나무는 옷을 벗으며 겨울 준비를 한다. 시간의 흐름에 따라 나이 먹음에 익숙하련만 희망만큼은 나날이 새롭다. 그의 시는 조용히 돋아나는 신록을 강추위 속에서 뜨겁게 경작한다.

- 시인詩人 **김주현**

김웅길 시인의 시는 지금의 나, 앞으로의 나를 스케치북에 그려보는 느낌을 준다. 좋은 시가 너무 많다.

- 독자 **이용순**

서시 序詩

혹시나 혹시나 말이야
저 먼 어느 하늘나라에서
누군가의 심부름으로
이곳에 온 건 아닐까
너도 나도

그래서 하는 말인데
이 지구에는 말이야
정의도 믿음도 사랑도
모든 질서가
지금은 잠시 부재중이야

목차

제1부
부재중不在中

제2부
아름다운 흔들림

제3부
회귀回歸

제4부
모래시계

제5부
바람 그리고

제1부

부재중不在中

부재중 不在中

성격 탓은 아니지만
바쁘게 살았다
한 곳에 집중하고
두리번거리지 않고

출장에 앞서
책상 위에 놓인
부재중 푯말이
왠지 낯설다.

아버지로서 부재중
남편으로서 부재중
자식으로서 부재중
스스로 내게도 부재중

더 이상 오를 곳이 없는
바람 부는 정상에서
떠난 것들에 대하여
늘킨 숨을 쉰다.

그러려니

영화나 소설에서는
선과 악이 양분되지만
우리네 삶에선
깔끔하게 나뉘질 않아
회색지대가 더 많지.

밝으면 밝을수록
그림자도 진하고
자기 빛깔이 진하면
변색도 빠르고
너무 눈에 잘 보이지.

그래서 그랬나 봐
타인他人의 이목에
쉽게 무너져 내린
조각들을 보듬으며
성격을 탓했었지.

지금은 괜찮아
사랑하는 방법을 알았거든
날카로운 감성이
순환의 궤도에 무뎌져
다 그렇고 그러려니.

어느 배우

자신이 감독이자
프리랜서 배우지만
주어진 각본이 없어
결말을 예측할 수 없는

다분히 모순적矛盾的인 동기와
개인적인 욕망에 동력을 얻어
수시로 바뀌는 무대 위에서
갈팡질팡 연기하는

매일 아침 사유로 막을 열며
미완未完의 공연을
무대에 올리면서
알 수 없는 관객이 두려운

횟수가 늘어갈수록
같은 배우의 비슷한 공연은
익숙한 무관심에
세상 밖으로 잊혀져 가는

공간 만들기

여행 끝내고 돌아가
안식할 수 있는
내 집이 있다면
나만의 공간이 있다면
돌아오는 마음 걸음이
서둘러지겠지.

너의 고된 하루를 위한
마음의 공간을 만들고
다정한 미소로
힘주어 격려하며
기다리는 사람이 있으면
더 행복할 거야.

허물

얼마만큼의 시간이 더 지나야
벗을 수 있을까
밀폐된 공간에서
얼마나 더 근신해야
해맑게 다시 태어날 수 있을까

용이 되려는 이무기의 기다림도
유죄로 인한 나무망치의
파열음이 만든 단절도 아닌
중년에 발견한 허물은
벗어버리기가 힘들다.

솜털 하나하나에
알알이 맺혀 있는
익숙함에 대한 합리화를
먼저 살다 간 사람들의
마음결로 씻어낸다.

고깃배

뭍으로 머리 대고
잠들어 있던 고깃배가
갈매기의 울음에 놀라
바쁘게 기지개를 켜고
희망을 싣는 작은 포구.

밤일을 끝낸 등대가
힘겹게 배설한 흔적들이
하얀 포말로 떠다니며
어둠을 주워 담아
만들어 놓은 바닷길.

일렁이는 파도에
두려움 한 줌 품고
크고 작은 조각 섬들이
몰래 손잡고 있는 사이를
빠르게 나누며 가고 있다.

남은 과제

지난 시간을 반추하며
아름답게 덧칠하다가도
너무 동떨어진 모습에
절망과 좌절을 느끼기도 해.

살면서 일어나는
무수히 많은 일들이
우연을 가장하여
시도되고 결정될 때도 많았어.

누구 덕인지는 모르겠지만
생각한 대로 이루어지는
일들이 많았고
앞으로도 그랬으면 좋겠어.

어려운 일이 아닐 거야
지금껏 그리했듯이
고운 마음으로 진솔하게
나이 챙기며

물 한 방울

깊은 산골짜기
맑은 옹달샘의
물 한 방울이
바다까지 갈 것을
걱정하며 길을 떠났어.

실개천까지 어떻게 갈까
강물을 만나지 못하면
바다에 갈 수 없을 텐데
얼마나 먼 여행일까
갈 수 있을까.

뒤따르며 밀어주는
동료가 없어
지하수가 되어도
물 한 방울
너는 그대로 너야.

한낮의 햇살에
바람 타고 올라
수증기가 되어도
물 한 방울
너는 그대로 너야.

흐르고 흘러
너른 바다 품에 안겨
넓게 펼치고 펼쳐도
물 한 방울
너는 그대로 너야.

깊은 산속
목마른 토끼의
한 방울의 피가 되어도
물 한 방울
너는 그대로 너야.

실천 實踐

시작하지 못한 이유조차
기억나지 않는
폈다 접은 생각들이
돌아봄의 노변에
보석으로 반짝이는
아쉬운 중년의 시간

실천하지 않으면
온전한 삶이 아닌
합리화의 탓으로 만든
허상虛像의 미래라는 걸
긴 시간이 지나고서야
이렇게 알게 되었어.

그래도 다행이야

이만하면 괜찮아

꾸준함을 동행한

작은 실천들이 만든

몇 개의 부지런한 습관이

행복을 만들고 있거든

상처

몸에든 마음에든
상처 없는 사람이
어디 있으랴
다만 내 상처가
더 커 보일 뿐.

몸에든 마음에든
상처 없는 사람이
어디 있으랴
너도 아프겠지
나만큼은 아프겠지.

몸에든 마음에든
상처 없는 사람이
어디 있으랴
보듬고 다독이며
내 사람만이라도.

강과 바람과 나

강물이 만든
푸른 도화지 위로
바람이 붓을 들고
풍경화를 그리면
찰나에 빛나는 순간을
눈과 마음으로 담아낸다.

바람의 간지럼에

몸을 비꼬며

윤슬로 빛나는 수면 위로

아쉬운 시간은 흐르고

강과 바람과 나는

어느새 하나가 된다.

좋은 생각

매일 똑같은
일을 하고 있지만
어제보다
조금만 더 웃기

매일매일
조금만 더 웃다 보면
세상은 온통
즐거울 거야.

매일 똑같은
사람을 만나고 있지만
어제보다
조금만 더 이해하기

매일매일
조금만 더 이해하다 보면
세상은 온통
사랑일 거야.

자유自由

정원사의 손에
조각된 정원에는
슬픔이 매달려 있다.
멋지게 단장한 나무도
활짝 핀 꽃도
슬픔을 안고 있다.

바람과 햇살이
다독이며 만든 들녘에는
자유로움이 있다.
기울어진 나무도
어우러진 들꽃들도
스스로 자서전을 쓴다.

뜨끔

참 이상하다
개미는 개미답고
여치는 여치다울 때
아름다운 것인데
왜 둘을 비교하여
좋다 나쁘다 말할까

참 이상하다
개미가 여치처럼 살고
여치가 개미처럼 살면
세상은 어찌 될까
자기들이 어찌 알고
좋다 나쁘다 말할까.

사랑한다 말하세요

사랑하는 사람이
사랑을 몰라주고
받아주지 않을 때
슬프고 괴로운 일.

사랑하는 사람에게
사랑한단 말도 못 하고
돌아설 때가
더 슬프고 괴로운 일.

밤새 달님에게
기도하는 손끝에
진실의 촛불을 켜고
사랑한다 말하세요.

가슴앓이만 하다
돌아서는 사랑은
슬픔의 노예가 됩니다
용기를 가지세요.

친구 1

늘어진 그네에
따로 앉아
침묵을 만들어 놀며
해거름을 마중하고 있어도

누가 먼저인지 몰라도
한 번의 손사래가 만든
긴 그림자를 데리고
남남으로 돌아가도

마음 가볍게
콧노래 흥얼대는
나는 너에게
너는 나에게

친구 2

멀리서 친구가 찾아왔다
내가 사는 마을이
꽉 채워졌다.

말없이 바라보며
오래된 기억의 편린으로
맞춰가는 블록이 다르다.

내 손끝에
맞춰지고 있는
너의 조각 그림

너의 미소 속에
내 삶의 여정도
곱게 단장되고 있겠지.

이유를 찾아서

여전히 세상을 믿기에
아프고 고통스러울수록
쓰러지지 않고 치열하게
밤새워 글을 쓴다.

희망을 잃고
슬픔에 방황하는
군중 속에 홀로 외로운
그 누군가의 안녕을 위해

너의 아픔과 절망에
너의 끝없는 외로움에
내 감정을 마음껏 쓰라고
나신裸身의 편지를 쓴다.

사내로 살기

스스로를 위하여
소리 내어 울어본 일이
언제였는지
시간이 슬픔을 기쁨으로
모두 바꾸어놓은 걸까

무거운 침묵으로
눈물을 가리며
살아낸 사내에게는
소리 내 울고 있는
소년의 눈물마저 싱그럽다.

세상이 바로 답을 주지 않는
무수히 많은 것들에게
깊게 절망하면서도
끝끝내 기다림으로 찾아낸
각자의 해답이 보인다.

나의 순찰차

질주하던 차들이
순찰차만 보여도
법규에 맞는 속도로
스스로 맞춰가며
바르게 길을 간다.

방랑벽에 휘둘린 마음이
아내의 모습만 보여도
들었던 가방을 놓고
스스로 맞춰가며
바르게 길을 간다.

물오리

미끄러지듯
수면 위를 날고 있는
물오리 한 마리

닿을 듯 말 듯
바람과 놀고 있는
오르내림의 균형

허공에 멈춰
조화로운 순간을 만드는
구름 한 점

왜 몰랐을까

살아보니
정답과 오답으로
나누어지는 것이
삶이 아니었어.

가지고 있는 기준이
마음의 크기를 만들고
담겨지면 옳고
넘치면 틀리고

크고 작고
넓고 좁고
제각각 만들어
멋대로 들이대는

흰머리와 함께
찾아온 *끄덕임*이
남은 여행을
여유롭게 만든다.

제2부
아름다운 흔들림

아름다운 흔들림

바람에 온몸 흔들면서도
결코 꺾이지 않는
버드나무의 유연성을
나이에 덮어씌우는 삶은
얼마나 아름다운가.

미숙한 진리와
완고한 아집이 만든
거칠고 천박한 노년은
고독을 만들어 쌓아
끝내는 슬퍼질 거야.

내가 알고 있는 건
타인他人도 알고 있고
양보할 수 없으면
침묵의 미소로
흔들려도 괜찮을 거야.

희망 希望

비가 옵니다
빗방울에 밤새
두드려 맞은
나무들이 지쳐 있습니다.

뿌리는 뿌리대로
줄기는 줄기대로
잎은 잎대로
각자의 자리에서

바람에 몸을 맡기고
제 할 일 하다 보면
싱그러움으로 곧추서서
나무는 춤을 추겠지요.

산을 오르며

산을 오르며
숲속을 지나갈 때는
어울려 살아라
나누며 살아라
산은 말합니다.

산을 오르며
홀로 선 나무를 볼 때는
고독해야 많이 큰다
홀로 버텨야 튼튼하다
산은 말합니다.

어울려 함께 살아도
외로움과 함께 살아도
뿌리로 중심 잡고
흔들리며 살라고
산은 말합니다.

이겨내기

큰 슬픔을
이겨내기 위해서
슬픔의 크기만큼
기쁨이 필요한 것은 아니야
갑자기 기쁨이
찾아오지도 않을 테고

주위에 숨어 있는
소소한 미소로
일상을 채우며
숨고르기하다 보면
시간에 기대어
쉴 수 있을 거야.

가정家庭 지키기

몸 하나 감싸고
마음 하나 다독이며
함께 살면 되는데
왜 그리 힘들어했을까.

바라는 마음 없이
하면 되는데
맞춰 살기를
왜 그리 힘들어했을까.

강 건너에서 손짓하는
미지未知의 유혹이
별것 아닌 걸 알기까지
왜 그리 힘들어했을까.

잡았다 놓은 손
다시 포개어 잡고
같은 곳 바라보기를
왜 그리 힘들어했을까.

홀로아리랑 1

이곳저곳을 지나며
제 할 일 하다가
더럽혀진 물이
시간의 자정自淨으로
다시금 맑게 흐릅니다.

혼탁한 세상에서
살아내기 위해 애쓰다
더럽혀진 마음을
고전古典으로 다독이며
초심初心을 불러옵니다.

닮고 싶은 것

조금만 깊게 생각해도
알 수 있는 진실이 있지
낮이나 밤이나 쉬지 않고
끊임없이 움직이며
무언가를 만들고 있는
초록의 자연.

태풍과 장마 그리고
벌레와 어둠의
고통 속에서도
잎과 줄기는 자라고
어려움을 이겨내며
열매는 익어가고 있어.

포기는 없어
물론 비교도 하지 않고
갈등과 다툼도 없어
햇살과 바람에 기대어
정해진 시간을
자기답게 보내고 있어.

젊은 그대

어른들의 말이
맞을 때가 많아
안전하고 뻔히 보이는
길을 안내하니까

충고의 말을 거스르고
네가 생각한 것을
멋지게 이루어 낸다면
우려는 노파심이 되겠지

누가 뭐라 해도
하고 싶은 일을 해
마음껏 욕심내고 꿈꿔
용기를 가져봐

실패하면 어때
너는 젊고
다시 시작할 시간이 많은데
너의 선택을 믿어봐.

그늘

허겁지겁 햇살을 먹고
그늘을 힘들게 싸놓은
커다란 느티나무
마을 사람들이
배설물 밑에 모여
여름을 보내고 있다.

침묵의 사색을 먹고
머리가 힘들게 싸놓은
한 편의 시詩에
공감할 수 있다면
사랑할 수 있다면
세상은 조금 더 맑아지겠지.

성공

고통과 조바심의
끈질긴 유혹에
스스로를 다잡으며
참아내는 것.

미련한 침묵으로
제자리를 지키며
시간의 세찬 물살을
악착같이 견디는 것.

서 있는 것
함께하는 것
끝내 어울림으로 남아
살아 있는 것.

마음 다잡기

지나친 마음은 접자
따뜻한 언어를
선물하는 사람과
냉혹한 언어로
가슴을 후비는 사람이
서로 다르지 않아

박수를 치던 사람이
비난을 던질 수도 있고
외면하던 사람이
열정의 눈빛을 줄 수도 있어
언제든 변하고
바뀔 수 있어.

알고 있는 건데
왜 잊고 살까
좋기만 한 것도 없고
나쁘기만 한 것도 없어
나를 위해 내게 좋은 것만
선택하면 되는 건데.

빈칸

길거나 짧거나
한 줄의 글에서
띄어쓰기가 없으면
얼마나 답답할까
읽기도 어려울 테고

마침표 사이사이에
물음표와 느낌표도
적당히 그려주고
침묵의 말줄임표도
꼭 필요하겠지.

삶에게 빈칸을 만들어 내어줄
넉넉한 여유와
용기도 필요할 거야
마음대로 쉬어 읽고
생각을 심게.

동창생同窓生

누군가의 손에 의해
빵이 되고
라면이 되고
칼국수가 되고
처음은 같았던 것을
밀가루는 알까.

숨차게 달려오다
잠시 느림의 속도로
반추하는 인생길
서로 다른 모습으로
세월을 노래하고 있지만
속마음은 같구나.

솔개

솔개 한 마리가
원형으로 빙빙 돌다
곤두박질치고 있다.

쟁취할 때까지 반복되는
목숨을 내어놓은
먹이 사냥의 추락

날카로운 화살이
움직이는 과녁을 향해
아름다운 비행을 한다.

순서 順序

진료 순서를 기다리는데
할머니의 품에 안겨
울고 있는 아기
나도 받아줄 누군가 있으면
기대어 칭얼대고 싶은
지루한 시간이 흘렀다.

괜찮으면 아기에게
순서를 양보하라는 말에
내키지 않는 끄덕임을 하고
아픔을 침묵으로 대신하며
초록 글씨 진료중에게
회초리를 들이대고 있었다.

억울함을 품고
기다림에 맞서고 있는 그 시간
아기의 보호자도 아니면서
좋은 일을 하셨다는
의사의 칭찬 한마디
가슴을 찔러 온다.

아기의 아픔을
익숙한 순서에 들이댄
협소한 기준과
미소 없이 보내준 끄덕임이
당혹스러움을 만들어 안고
병원 문을 나선다.

고맙다

음식을 만들고
설거지를 하고
집 청소를 하고
빨래를 하고
살림은 아내가 하는
당연한 일인 줄 알았다.

음식을 함께 만들고
뒷정리도 함께하고
청소기를 돌리고
세탁기의 버튼을 누르고
함께하는 살림살이에
고맙다는 말이 함께한다.

부부夫婦

눈에 보이지 않을 뿐이지
빈 곳이 없는 세상
뒤집어 포개지 않으면
밀어내고 차지하는
막대자석의 극과 극

허공을 밀어내며
가야 할 길을 가고
시간의 칼날로
삐져나온 마음을
같게 만들어 포개고

무디어져 쓸모없는
녹슨 칼날이
그래도 끝은 살아 있어
함께 걷는 길에
서로를 찌르고 있다.

종이접기

좋아하는 색종이를 골라
모서리를 맞춰 접고
뒤집어 접고
때로는 가위로 도려내기도 하고
풀칠하여 붙이기도 하면서
종이접기를 해봤지.

종이의 선택부터
과정의 어느 한순간도
신중하지 않으면
끝내는 제 모양을
완성할 수 없는
쉽고도 어려운 종이접기.

제 모양을 찾아가는
종이접기의 여행이나
굴곡진 시간을 달래며
마음찾기하는 우리네 삶이나
다름도 없고 귀천貴賤도 없는
길고 짧음의 시간 속 여행.

생각 바꾸기

생각을 바꾸기 위해선
긴 시간이 되었건
찰나의 시간이 되었건
멈춤의 시간이 필요하겠지

눈 감고 보던 일 멈추고
입 막고 하던 말 멈추고
듣는 걸 멈추기 위해선
잠을 자면 될 거야.

멈춘다는 건
돌아봄의 시간을 위한
고독을 품는 것
나로 회귀回歸하는 것

반추하며 보낸 시간 속에
멈춰야 할 관계도 보이고
바꿔야 할 생각도 보이고
가야 할 방향도 보이겠지.

중년中年의 생각

아기가 있다
먹고 놀고 싸고
잠자고 울고 웃고
해맑은 자연이 그곳에 있다
과거의 내 모습이다.

감정이 시키는 일을
하고 싶은 대로
다하며 누워 있는데
시간의 흐름에
사랑이 자라고 있다.

노인이 있다
연명延命 줄에 기대어
하루를 살아간다
돌아갈 자연이 그곳에 있다
미래의 내 모습이다.

감정이 시키는 일을
간신히 참아내며
힘겹게 누워 있는데
시간의 흐름에
사랑이 식어가고 있다.

물

흔적 없이
대지의 품을 파고들며
물은 행行한다
은자隱者의 행복을

쉬지 않고
아래로 흐르며
물은 행行한다
순응順應의 어울림을

작은 바람과
윤슬로 속삭이며
물은 행行한다
평화와 행복의 미소를

거센 파도로
물거품을 만들며
물은 행行한다
용기와 도전의 격정激情을

표리 表裏

믿는다 말하면서
불신의 잡초를
뽑아내지 못하고
키우고 있는

마음을 열라고 하면서
어설픈 편협으로
아집我執을 싸매고
너그러운 척하는

희망을 노래하면서
불안한 미래에
마음 휘둘려
술잔을 기울이는

구속의 틀에서 벗어나
비상을 꿈꾸면서도
부족한 용기로
머뭇대기만 하는

모든 이가
겉과 속이 같을 순 없지만
내일의 조화로움을 위해
오늘은 여기까지

제3부
회귀回歸

회귀 回歸

대부분의 죽음이
슬픔이겠지만
죽음이라는 결과가
언제나 나쁜 것일까요

집으로 돌아감을 포기하고
슬픔을 애써 감추고
기다리는 종말의 시간은
또 왜 이리 길까요.

두렵고 무서운 일이지만
누군가에게는 빠른 죽음이
연명하는 삶보다
축복일 수도 있을까요.

구조 조정

무너진 돌담을 쌓고 있는
숙련된 석공에게
그 위치에 놓으면
딱 좋을 듯한
돌을 골라주었습니다.

빈 구멍보다
고른 돌이 큽니다
다른 돌 두 개를 포개어
구멍을 찾아 맞추며
돌담을 완성해가는 석공

잘못된 것도 아니고
모자란 것도 아니고
쓸모없는 것도 아닌
너무 클 뿐입니다
빈 구멍에 맞지 않을 뿐입니다.

퍼즐 맞추기

가보지 못했지만
가보고 싶은
이국적인 사진을
조각조각 나누어놓은
퍼즐 맞추기를 합니다.

한 개를 집어 중심을 잡고
또 한 조각을 잡아
놓을 자리를 찾지만
이름표가 없어
찾기가 어렵습니다.

비슷한 모양과
같은 색깔로
몇 개의 기준을 정하여
나누어놓고
정해진 테두리부터 맞추어 갑니다.

한 조각 한 조각
제자리를 찾다 보니
마주 보며 지낸 시간만큼
빈자리가 채워져
멋진 여행지가 되어 갑니다.

남은 퍼즐이 줄어들수록
자리 찾기는 빨라지고
몇 개 남은 퍼즐은
너무 쉽게 찾을 것 같습니다
우리네 나이 먹음과 같이

찰나 刹那

젊어서 고생은
사서도 한다는
말 만들기 좋아하는 사람들이
꾸민 말에 휘둘리지 말고
나는 네가 그냥
행복했으면 좋겠어.

고통의 인내가
교훈을 가져와
먼 후일 이정표가 된다고 해도
나는 네가 지금
행복하기만 했으면 좋겠어.

관계의 갈등이 없고
미래에 대해 불신도 없는
아름다운 순항을 위해
나는 네가 찰나의
행복을 찾았으면 좋겠어.

새로운 길은 없어

이른 새벽
간밤에 내린 눈에
처음으로 발 도장을 찍으며
길을 가다 보면
잠시의 기쁨 뒤에 난무하는
발자국들의 흔적
그리고 햇살에 사라지는

시간이 덮었을 뿐이야
새로운 길은 없어
뭇사람들이 오고 간 길을
따라 걸으며
목적지에 다다라서야
먼저 도착한 사람들이 많음을
알게 되는 인생길.

산마루

올려다보며 살면
하늘의 별과
탐스러운 과실을 볼 수 있지만
높은 곳에 있는 건
체념해야 하는 아픔을
다독이며 살아야 해.

내려다보며 살면
대지의 생명을
미소로 풀어내고 있는
풀꽃을 볼 수 있지만
머무름이 만들어 낸
익숙한 행복에 젖어야겠지.

오르내림의 조화를 이루며

하늘과 땅의 경계를 만드는

파형波形의 산마루에서

이상理想을 낮춰

현실現實을 채우며

길을 가면 될 거야.

9월 들녘

장보기 서툰 새댁이
맞지 않는 찬거리로
시장바구니를 채우듯
들녘은 아직 여름 햇살을
더 품고 있어야 하는데
가을을 나르고 있는 바람.

모자람을 채우기엔
짧기만 한 여름 햇살
풀은 풀대로
나무는 나무대로
한 점 초록빛도 감추지 않고
온몸으로 가을을 맞는다.

잘못 사는 방법

했던 일에 대해
해야 했던 일에 대해
하지 않은 일에 대해
하지 말았어야 하는 일에 대해
후회하며 주저앉아
어떤 일도 하지 않으면 돼.

계속 후회만 하면
기분 나쁜 상태로
지금 이 순간 후회하고
더 많이 후회할수록
할 수 있는 일이
점점 적어질 거야.

그러다 보면
감정의 균열이 생겨
어쩔 수 없는 고통을 만들고
번뇌의 외로움 속에
자신감을 찾지 못하고
불행과 동행할 거야.

너도 그래

나무는 언제 가장 행복할까
화려한 꽃 피우는
봄이 가장 행복할까
무성한 잎으로 그늘 만드는
여름이 가장 행복할까
나름의 결실을 맺는
가을이 가장 행복할까
나목으로 깊은 휴식을 하는
겨울이 가장 행복할까.

매일매일 가장 행복한 나무
꽃 피워서 행복하고
그늘 만들어 행복하고
열매 맺어 행복하고
쉼이 있어 행복하고
누구와도 비교하지 않고
자기 모습으로 행복해할 거야
지금의 너도 그래
순간순간이 모두가 행복이잖아.

행복 만들기

자신의 삶을 돌아보고
잘한 것은 잘한 대로
못한 것은 못한 대로
내버려두고
그냥 잊어주고

다른 사람이 내 삶에
간섭하도록 두지 말고
다른 사람 하는 일에
신경 쓰지 말고
더 단순하게

가을 역驛

붙잡아도 소용없어
이번 가을 역에서
무조건 내릴 거야
따라 내리지 말고
기다리지도 말아.

이제는 동행하지 않아도
허술한 카페에서
따뜻한 커피 한잔 주문하며
나름의 행복을 찾아
손에 쥘 수도 있어.

온몸에 엉겨 붙은
삶의 찌꺼기를
들국화 향수로 대신하고
고운 낙엽 선택하여
책갈피에 끼울 여유도 있어.

함께한 날들의 익숙함이
아쉬움으로 남아 있겠지만
차창 밖으로 손짓 말고
모르는 타인처럼
이제는 가던 길 혼자 가.

가을바람

파란 도화지에
조각구름은 서너 개
뭉게구름은 가운데에 크게
산자락에 기댄 먹구름도
곱게 그려 내고 있는
가을바람.

바람 냄새로 배 채운
나뭇잎 하나하나
정성 들여 채색하고
풀 한 포기에도
씨앗을 챙겨 그리는
가을바람.

위대한 비밀

다른 사람이 밭에
상추와 고추를 심어
잡초 무성하게 놔두어도
흘깃거리지 말아요
모두 내가 할 일이 아니랍니다.

내 텃밭엔 내 마음대로
심고 싶은 것을 골라
심고 싶은 곳에 심으며
나만의 텃밭을 만들어요
모두 내가 할 일이랍니다.

절반 折半

사람이 사는 일
그 어떠한 것도 명백히 옳거나
명백히 옳지 않은 일은 없어
세상의 절반은
다른 절반을 비웃는.

네가 하는 일에
몇 사람들이 비난한다고
용기를 잃을 필요도 없겠지
어딘가에 네 편이
응원하고 있을 테니까.

가고 오는 것들이
시간에 망각되어질 뿐
부정의 절반에 슬퍼하지 말고
긍정의 절반을 위하여
축배를 올려야겠지.

유성 流星

되돌릴 수 있다면
그게 어디 인생이냐
모래시계일 뿐이지
해와 달과 별과 바람도
돌고 도는 것이 아니라
스치고 지나가는 것.

제자리를 돌고 도는
시계의 마약을 마시며
머무는 것 하나 없는
삼라만상의 진실을 잊고
도돌이표 없는 인생을
어지럽게 돌리고 있다.

여행 旅行

다른 사람이 운전하는 차로
여행을 떠나본 적 있지
가까운 곳은
순간에 스쳐 지나가도
먼 곳의 풍경은
아스라이 멀어질 때까지
한참이나 바라볼 수 있는.

운전석 옆에 앉아
두 발에 힘주고
앞만 주시하지 말고
고개를 돌려
먼 하늘 구름도 보고
바람을 품고 가는
들녘을 보는 것도 괜찮겠지.

마음대로 선택하여
방향을 정하고
느리게 갈 순 없어도
바라보는 것만은
생각대로 할 수 있겠지
때때로 지루하면
눈을 감아도 되고

질주하는 자동차 안에서
때로는 타인처럼
여정을 즐기는 것도
행복으로 가는 길이려니
온몸에 힘을 빼고
의자에 깊숙이 기대어
편안한 침묵을 만들어봐

순리 順理

나뭇잎 하나가 물들고
그리하여 바람에
소리 없이 나부끼면
마음이 아프다.

잎이 피고 지고
태어나고 죽고
자연의 순리인데
왜 마음이 아플까.

멍

가을 햇살을 튕겨내며
하교하는 학생들의
미완未完의 어깨 위에
요란한 꿈들이 앉아 있다
무슨 걱정이 있을까.

순간 미안하다
저 나이였을 때
나를 괴롭히던
수많은 고민들을
너무 쉽게 잊었구나.

누구에게나 그 나름의
멍이 있다는 걸
입은 옷을 헤집고
푸른 상처를 다독이면
그 사람을 사랑하는 걸까.

카페에서

네 사람이
한 탁자에 앉아

각자가 선택한 서로 다른
넉 잔의 차를 놓고

고개 숙이고
휴대폰만 들여다보며

시간을 죽이고 있는
낯설지 않고

일상이 되어버린
우리네 만남의 풍경

희망 希望

생각하는 것이
모두 최선은 아니고
눈에 보이는 것이
전부가 아닌 걸 알 거야.

꼭 확실하게
언제나 그렇지는 않지만
살아갈 수 있게 하는 말
기대할 수 있게 하는 말

쓰디쓴 시련으로 보이는 것이
변장을 하고 있는
축복일 수 있어
때로는

굳이

혼자 살면 편한데
굳이
결혼을 해야 할까
그래도

배달 음식은 편한데
굳이
요리를 해야 할까
그래도

혼자 하면 편한데
굳이
함께해야 할까
그래도

결혼도 하고
요리도 하고
함께하는 세상이
재미있지 않겠니.

절망 앞에서

끝나지 않을 것 같은
힘든 시간도
사랑하는 연인들의
달콤한 시간도
끝난다 꼭
똑같이 언젠가는

차마 말할 수 없는
각인된 상처들이
영광의 훈장이 될 날이
멀지 않았으니
조금만 눈 감고
시간을 내버려두렴.

제4부
모래시계

모래시계

뒤집지 않으면
침잠에 빠지리라
살아 있다는 것은
움직이는 것이다
익숙함의 고요 속에
혼돈을 만드는 일이다
그 혼돈이 다시금
질서를 잡아가는 것이다.

깨우기 위해서

갈등을 만들어 다투고

함께 살기 위해

마음을 흔들어댄다

달라질 것은 없다

나뭇잎 하나 바람에 날리듯

찰나의 눈 멈춤을

신神만이 알 뿐이다.

감추기

나이 먹었다고
화火가 날 일 없으랴
앙다문 침묵으로
때로는 슬쩍
자리 피함으로 감추고

나이 먹었다고
울로 싶을 때 없으랴
코 푸는 척 훔치고
숨소리 죽이며
하늘 바라보기로 감추고

나이 먹었다고
외로울 때 없으랴
익숙한 기다림으로
산그늘 벗하며
대숲의 바람으로 감추고

나이 먹었다고
화火가 날 때 없으랴
울고 싶을 때 없으랴
외로울 때 없으랴
나도 너와 똑같단다.

너는 알고 있니

몸은 늙어가고 있지만
언제나 그랬던 것처럼
칭찬과 인정認定을 갈구하는
아이의 마음으로 살고 있는

깊은 주름골마다
어지러운 생각을 심고
사랑과 관심을 원하며
외로운 아이로 살고 있는

미소 한 번
따뜻한 말 한마디에
세상을 다 가진 듯
기뻐하는 아이로 살고 있는

차가운 표정만 보아도
영혼 깊숙이
불행을 느끼며 무너져 내리는
어른 아이로 살고 있는 나를

까마귀

전봇대에 앉아
울고 있는 까마귀 한 마리
잘못된 인습으로
쫓기기 전에
날아가기를 바라고 있지만
여전히 제자리에서 울고 있다.

나는 알지 못한다

까마귀가 왜 울고 있는지

많은 사람들 중

누구를 위한 알림인지

다만 소리에 대한

학습된 반응으로 문을 닫는다.

아홉수 나이

나이 앞자리가
바뀌기 전
마지막 해에
꼭 해야 할 일이 있지
벌써 스물아홉.

나이 앞자리가
바뀌기 전
마지막 해에
꼭 해야 할 일이 있지
벌써 서른아홉.

나이 앞자리가
바뀌기 전
마지막 해에
꼭 해야 할 일이 있지
벌써 마흔아홉.

나이 앞자리가
바뀌기 전
마지막 해에
꼭 해야 할 일이 있지
벌써 쉰아홉.

나이 앞자리가
바뀌기 전
마지막 해에
꼭 해야 할 일이 있지
벌써 예순아홉.

끝이 아니라
새로운 일에
마음 다잡고
시도하게 하는
아홉수의 나이.

아파트

미풍에 수다 떨고 있는
대(竹)숲에 서서
내어줌 없이
하늘을 품고 있는
아파트를 생각했다.

작은 공간 마디마다
각질의 껍데기로
마음들을 싸안고
하나의 나무를 만들어
같은 집에서 다르게 산다.

극복克服하기

무너져 내린 삶을
그대로 되찾는 것이
이겨내는 일인 줄 알았어.

멈춘 곳에서 일어나
또 다른 길을 발견하여
자신의 생을 마주하는 것.

시작은 언제나
하나에서 출발하니까
하나서부터 다시 하는 것

나 자신을 긍정하고
인정할 때 오는
행복을 찾아가는 것.

의미 찾기

살면서 의미 없는
경험은 없어
하지만 의미에서
경험을 찾아내는 건
오로지 너의 몫

의미를 찾지 못한 경험은
실수에 머물고
반복된 실수는
옅은 바람에도
많이 흔들릴 거야.

바램

비 오는 날
바람결에 사선으로
곤두박질치고 있는
빗살의 근원은 어디일까

오른 것들은 모두
내려와야 하고
낮게 살고 싶다는
간절한 염원일까

숲에 내린 빗방울이
작은 실개울이 되어
더불어 함께 강을 이룬
물 한 방울이면 좋겠다.

가을 산행

풀벌레의 조심스런
날갯짓 소리마저
빼앗긴 오솔길
어쩌다 마주한
한 송이 구절초가
향기로 말을 걸어온다.

골바람의 시샘으로
수시로 단절되는
침묵의 대화
메마른 대지와 한 줌 햇살이
너의 전부였다는 걸 알기에
귀 기울여 듣고만 있다.

그리움

역마살로 인해
평생 머물지 못한 너도
지치고 힘들면
기댈 곳을 그리워하겠지.

마음에 집 하나 지어놓고
널 기다리노라면
언젠간 오겠지
꼭 올 거야.

시간에 순응하며
무수히 흔들리면서도
차마 뿌리만큼은
감추기에 바빴어.

노을과 동행하는
가을 햇살이
눈물 나게 서럽다
너무 일찍

고향

떠나왔으면 돌아가지 말자
고향의 빈 의자에 앉아
꺼내놓은 너의 전리품은
오직 너만의 것

어쭙잖아 버린 것들이
함께하지 못한 시간 동안
각자 울타리를 만들어
문을 열지 않아.

지붕이 낮은 집들이
견고한 담을 뽐내며
고향은 지켰지만
모두 떠났어 인정人情마저

아쉬워할 필요 없어
잘나서 떠난 거야
익숙한 여행객이 되어
잠시 머물다 가면 돼.

일상 日常

눈을 떴다
아프지 않다
시계를 보지 않아도
시간을 알 수 있다.

변한 것이 없다
가늘게 코 고는
아내가 옆에 있다
행복의 시작이다.

서너 시간 지나야
여명黎明의 다리를 건너
햇살이 쏟아지리라
그때까지 모두 내 거다.

물안개로 단장丹粧하고
품에 안겨드는 강마을이
언제나 여기 있다
고맙고 아름답다.

슬픔에게

밤사이에 비가 왔다 갔네
모르는 사이에
창문에 남겨 있는
흔적을 보면 알 수 있어

슬픈 것들은 모두
모르는 사이에
왔다 가면 좋겠어
지나친 욕심이지

그래 조금은 슬퍼할게
흔적일랑 남겨줘
창문에 매달려
떨고 있는 빗방울처럼

가을비

가을비가 오네요
햇살이 더 필요한
알갱이들이 떨고 있네요
아무것도 할 수 없어
바라보기만 합니다.

가을비가 오네요
미소와 한숨이
겹겹이 어우러져 있네요
아무것도 할 수 없어
바라보기만 합니다.

가을비가 오네요
정해진 만큼의
절반의 슬픔과
절반의 기쁨을 만들며
이유 없이 왔다 가네요

그냥 믿어

증명할 수 없어서
확실히 말할 수 없지만
네가 믿는 것이
최선의 선택이야
의심하지 않아도 돼.

누군가의 기쁨이
또 다른 누군가에겐
슬픔으로 자리한다는
배려의 마음만 가진다면
충분히 행복한 삶이야.

얼마만큼의 마음을 떼어내
깊은 곳에 감추고
꺼내어 반추하는
늦은 시간의 여유도 좋고
새벽별의 동행도 괜찮아.

만남과 헤어짐을 반복하며
들녘을 지나는 바람처럼
인연의 의미를
깊게 생각할 필요도 없어
남는 것은 오직 너의 믿음뿐이야.

미끄럼 놀이

아이가 미끄럼 놀이를 한다
오르며 즐거워하고
내리며 즐거워하며
오르내림을 즐기는
아이의 유희遊戲

즐기는 모습에 담긴
소리 없는 웅변
즐기며 살라고
재미없으면 하지 말라고
마음먹기 나름이라고

키우기

스스로가 만든
상식常識의 경계선을
마음대로 넘나드는
변죽의 이해와 용서

오감五感으로 찾아낸
찰나의 행복을
마음의 크기만큼만
담고 살아가는 우리

가을엔

하늘이 파랗다
구름은 하얗고
참 예쁘다

이렇게 예쁜 하늘 밑에서
왜 그토록
미워하며 살았을까

모두 다 잊자
용서하지는 못해도
미워하지는 말자.

너에게

어느 날 네가
갑자기 떠나면
슬프겠어
슬프지 않겠어.

떠났던 네게서
전화가 오면
기쁘겠어
기쁘지 않겠어.

기다림을 지우며 돌아오는
너를 보는 나는
행복하겠어
행복하지 않겠어.

갑자기 떠났다가
전화를 걸고
미소 지으며 다시 올래
익숙한 행복을 꺼내기 위해

나무에게서

너는 참 좋겠다.
봄부터 겨울까지
잎에서 나목裸木까지
어느 것 하나
사랑받지 않는 것이 없으니.

너의 전성기는 언제일까
신록일까
꽃일까
열매일까
그냥 언제나 나무였을까.

나는 참 좋다
봄부터 겨울까지
유년에서 노년까지
어느 것 하나
사랑받지 않는 것이 없으니.

나의 전성기는 언제였을까
어린 시절이었을까
젊은 시절이었을까
중년이었을까
그냥 언제나 나였을까.

오지랖

휴전선 너머에서
미사일을 쏘아대도
다른 나라의 일상이 된 지
참 오래되었지.

수시로 발표하는
대통령의 말이
믿음을 버린 지
참 오래되었지.

남북의 갈등보다
더 골 깊은 정치판
귀 막아버린 지
참 오래되었지.

다른 사람은 아닐 거야
오지랖 떨며 만들어낸
나만의 치기稚氣일 거야
참 오래되었지.

제5부
바람 그리고

바람 그리고

무엇을 기다리나요
기다리지 않아도
따뜻함을 잃은 바람이
작은 언덕에서부터
구절초를 피워내고 있는데.

엄격한 계절과 동행하며
잠시 주었던 시선을
차갑게 거두어 가면
꽃들은 외로워
뿌리로 숨어드는데.

꽃 잔치가 끝나면
쉽게 마음 변한 바람이
백설의 동토凍土를 만들고
산그늘에 기댄 마음도
함께 식어갈 텐데.

겸손 謙遜

너 그거 아남
뜨거운 것은 식고
차가운 것도 녹아
다 비슷해지는 거

너 그거 아남
잘나고 못남도
많고 적음도
다 비슷해지는 거

때가 되면
다 비슷해지는 겨
파도에 밀려 수다 떠는
올망졸망 몽돌처럼

때와 곳

아이가 뛰어와
나비를 보았다고 호들갑이다
춘삼월 봄날이다
나비가 많을 때다
그런데도
아이는 신기해한다.

아이가 뛰어와
나비를 보았다고 호들갑이다
봄날의 꽃밭이다
흔한 일상이다
그런데도
아이는 즐거움을 찾는다.

하필이면 그때 그곳에
나비가 날고 있는 걸
아이가 볼 수 있었을까
정말 신기한 일이다
경이롭고 즐거운 일이다
그 아이는 지금 어디에 있을까.

반려伴侶

관계 맺기에 지쳐
불신으로 가득할 땐
사랑을 갈구하며
고독하고 슬플 땐
그 무엇 하나를
진정으로 사랑해보세요.

사랑하고 싶은
사람이 없을 땐
꼬리 흔들며 반기는
강아지도 좋고
손길을 기다리는
작은 화분도 좋아요.

사랑하는 일은
그 사람을 살게 하는 것
삶의 무게가 버거울 땐
내 손길을 필요로 하는
사랑과 동행해보세요
기다리는 삶이 거기 있어요.

사람

모두 다 예쁘다
모두 다 멋지다
모두 다 사랑스럽다

희망을 주는 어린이
열정을 주는 젊은이
경험을 주는 노인

중년이 바라보는 세상
싱그러움으로 가득한
칠월의 들녘

토닥토닥

처음에는 어땠는지
잘 모르겠어
살아내다 보니
이 모습이 되었어
누구나 그렇겠지.

각자의 시간에 멈춰
반추해보면
스스로 선택한 것들이
지금을 만들어놓았어
누구나 그렇겠지.

생각해보면
쉽게 버린 것들이
아쉽기도 하고
그립기도 하겠지
누구나 그렇겠지.

지금부터는 조금 더
사색의 시간을 늘려
느리게 살아갈 생각이야
괜찮다고 토닥이며
누구나 그렇겠지.

지쳤다는 건 이긴 것이다

지쳤다는 건
이겼다는 거야
한숨 자고 나면
더 깊이 보는 눈이
더 넓어진 마음이
함께할 거야.

지쳤다는 건
이겼다는 거야
나약함을 인정한 것이 아니라
최선을 다한 모습이 보여주는
자책에서 벗어난
본연의 모습인 거야.

백마강 소곡小曲

창문에 기댄 새벽빛이
하얗게 엿보는 시간
강변의 햇살을
마중하는 즐거움을 너는 알까.

밤거리를 배회하던
공허한 얽힘과 엇갈림들이
제자리에서 제 색채로
소리 없이 내려앉는 걸

때때로 욕심 많은 물안개가
풍경을 독점하기 위해
담장을 쌓아도
기다림의 행복을 너는 알까.

부여扶餘, 그 위대한 이름

빠르지도 않고
느리지도 않게
포근히 감싸고 도는
금강의 흐름에 몸을 맡기고
오랜 시간 터 잡고
대대손손代代孫孫 웅비하리라.

도움의 손길을 서로 맞잡고
여유로운 미소를 간직한
아름다운 사람들이
다독이며 모여 사는 곳
그대들을 앞세워
다시 한번 웅비하리라.

친구야

친구야
잠시 걸음을 멈추고
들녘을 보자
너를 닮은
넉넉한 가을을.

친구야
전리품을 세지 말고
거울을 보자
주름살 사이에 만들어진
중후한 너의 멋을.

친구야
그래도 마음이 시리거든
나무를 보자
모두 아낌없이 나누고
겨울을 준비하는.

친구야
이제는 아무도 모르게
스스로 나에게
토닥토닥 다독이며
끄덕끄덕.

마음 접기

거기까지만 가보자
다짐하고 나선 길
조금만 더
조금만 더
가까워지는 건 없다
슬프다.

돌아오는 길만
너무 멀어졌다
가던 길 멈추고
한참을 바라보다
마음 접고 돌아선다
참 슬프다.

가을 어느 날

가을비가
무겁게
발 디디며
지나갑니다.

벼들이
스스로의 무게에
무너져 내리고
있습니다.

안타까운
마음으로
농심農心을
생각합니다.

비를
좋아하는 나도
오늘만큼은
함께 무너집니다.

데모(Demo)

바람결에 모로 누우며
편 가르기 하고 있는
억새와 갈대

억새는 억새대로
갈대는 갈대대로
서로 다른 바람 소리를 낸다.

군집群集의 힘으로
밀어붙이고 있는
바람에 대한 항거抗拒

몇 개 남은
흰머리마저 날려보내고
몸으로 울고 있다.

밤안개

새벽을 동행하던
달도 별도 가로등도
저 멀리 이름 모를 불빛도
모두 모두 사라졌어.

어둠은 불빛을 밝히고
추위는 따뜻함으로
쉽게 이겨낼 수 있는데
밤안개는 어찌하지.

자동차가 멈춰 섰어
길을 잃었어 사라졌어
아무것도 보이지 않아
정치판이야 무서워.

낙엽 그리고

뭉그적거리지 않고
서둘러 인연을 끊는
낙엽의 이름다운 비행

떠날 때를 알고
자리 비우는 넉넉함에
바람조차 멋었다.

기쁨도 슬픔도 없고
아쉬움조차 남기지 않는
제 색채의 순응

그렇구나
이렇게 한 세대는
잊히는 거구나.

강아지

너에게 배우고 있다
사랑하는 방법을
온몸을 던지며
사랑해
사랑한단 말이야.

너에게 배우고 있다
사랑받는 요령을
촉촉한 검은 눈으로
지그시 응시하며
살랑살랑

너에게 배우고 있다
지금껏 누군가를
무조건 믿고
온몸으로 사랑하고
사랑받은 적 있었나.

10월 그 느티나무

한결같은 모습으로
햇살과 빗살을 가리며
온 동네 소식을 모으던
그 많은 이파리들은
모두 어디로 떠났을까.

한 해의 기쁨과 한숨
일상의 수다들을
이파리 하나하나에 매달고
바람이 집배원이 되어
가가호호家家戶戶 나누고 있어.

청춘 그 함정陷穽

원하는 시기에
바라는 방식으로
모든 것이 술술 풀리는
청춘이 얼마나 될까.

분명히 어딘가에 있을
자신의 밥그릇을
쉽게 찾아내는
청춘이 얼마나 될까.

시간과 방법이 만든
난해한 문제를 풀며
여태까지 살아내온
청춘이여 청춘들이여.

눈물 삼키며
하던 일 계속하자
오늘 꼭 할 일은
숨고르기하는 것.

독서讀書

세상이 세뇌시킨
논리 속에 빠져서
순응하고 있다
모두 다 옳다
나이를 좀 먹었나 보다.

청춘의 열정이
중년엔 책임이 되고
장년에 얻은 허무를
책 속의 활자들로 채우고 있다
나이를 좀 먹었나 보다.

수목원에서

그냥 냅뒀으면
너는 지금 없어
어쭙잖은 모습으로
뽐내지 마.

네가 할 수 있었던 일은
누군가의 손길을 기다리며
시간을 보냈을 뿐이야
뽐내지 마.

해후 邂逅

널 만나고 돌아오며
어쩌다 올려다본 하늘이
잿빛이야
괜히 싫어
그런데 자꾸 올려다보게 돼
지금 난 힘든가 봐.

자세히는 알 수 없지만
나보다 더 힘들어하는
나보다 더 아파하는
네 모습을 바라보기 어려워
괜히 커피잔만
응시하던 나를 잊어줘.

시집詩集을 펴내며

사랑에 가슴앓이하는
소녀의 손에서 놀고
방향 잃고 헤매는
마음들을 붙잡아
다독이던 때도 있었어.

두꺼운 소설책에 가려지고
폰에 밀려난 탓도 있지만
찾는 손길 없이
책꽂이에 선 채로
폐지가 되어도 괜찮아.

가난한 복학생의
허기진 배를 채우는
냄비 받침이 되어
변색된 채로
살다 가도 괜찮고.

날아다니는 낱말을 모아
의미를 품고 잉태한
낱장의 시들이 모여
집을 짓고 기다리면
길손이 찾아오겠지 언젠가는.